Die Band "Spectators of Suicide" entstand Mitte der 80er Jahre aus Mitgliedern der Gruppen "Marx-Lovers" und "Null?Nie!Wo?". Das vorliegende Werk ist das literarische Gegenstück des Alternativ-Tonträgers "Die Stille Rille".

Spectators Of Suicide

Eine Lehre der Leere

Dritte, behutsam überarbeitete Neuauflage

FSC
www.fsc.org
MIX
Papier aus verantwortungsvollen Quellen
Paper from responsible sources
FSC® C105338

Die Deutsche Nationalbibliothek verzeichnet diese Publikation in der Deutschen Nationalbibliografie; detaillierte bibliografische Daten sind im Internet abrufbar über http://dnb.d-nb.de.

3. Auflage 2016

Gedruckt auf säurefreiem und chlorfrei gebleichtem Papier.

Herstellung und Verlag:
BoD - Books on Demand, Norderstedt
ISBN 978-3-7392-1831-1